Dagmar Geisler

Rudi, Ratte & die Geheimagenten

Dagmar Geisler wurde 1958 in Siegen geboren und wuchs in Hessen auf. Sie studierte Grafikdesign in Wiesbaden und lebte einige Jahre in der Frankfurter Romanfabrik. Zunächst machte sie sich als Illustratorin für viele Kinder- und Jugendbücher einen Namen, heute schreibt sie auch eigene Texte.

Dagmar Geisler

Rudi, Ratte & die Geheimagenten

Illustrationen
von Dagmar Geisler

Klopp · Hamburg

Von Dagmar Geisler sind in der
Reihe *Leseratten* erschienen:

Rudi, Ratte & drei Freunde
Rudi, Ratte & die Detektive
Rudi, Ratte & die Geheimagenten

Einband und farbige Illustrationen von Dagmar Geisler
Satz: UMP GmbH, Hamburg
Reproduktion: Die Litho, Hamburg
Druck und Bindung: J. P. Himmer, Augsburg
Printed in Germany 2006
ISBN-13: 978-3-7817-2420-4
ISBN-10: 3-7817-2420-4

www.klopp.biz

Inhalt

1. Kapitel

Ehre, wem Ehre gebührt

»Jetzt beeilt euch mal!« Friedchen stand oben an der Treppe, die zur Aula ihrer Schule führte, und wippte ungeduldig mit dem Fuß. »Schließlich findet der ganze Zauber hier wegen uns statt und ihr kommt mal wieder nicht in die Puschen.« Friedchen verdrehte die Augen.

Ihre Freunde Rudi und die Zwillinge Tinka und Paul kamen schnaufend näher.

»Spinn dich ab!«, rief Paul. »Um siebzehn Uhr soll es losgehen und wir haben gerade mal drei Minuten vor halb.«

»Da draußen steht schon wieder ein Fahrrad mit aufgeschlitzten Reifen herum«, erklärte Tinka. »Wir haben nur mal geschaut, ob wir rauskriegen, wem es gehört.«

»Und dazu braucht ihr eine halbe Ewigkeit?«, fragte Friedchen genervt.

»Wenn Friedchen nach 'nem Orden giert,
die Zeit viel schneller galoppiert«,

dichtete Rudi und handelte sich damit einen unsanften Rempler von seiner Freundin ein.

Sie waren unterwegs zur Jahreshauptversammlung des Vogelschutzvereins, dessen Vorsitzender ihr Englischlehrer, Herr Hirschhäuser, war. Die Versammlung fand diesmal in der Aula der Schule statt und Herr Hirschhäuser hatte seine Schüler dazu eingeladen, um sie über den Sinn und Zweck des Vogelschutzvereins zu informieren und um neue Mitglieder zu werben. Außerdem wollte er Rudi, Friedchen, Tinka und Paul ehren, weil es ihnen vor kurzem gelungen war, eine Bande von Eierdieben zu stellen, die die Nester seltener Vogelarten ausgeraubt hatte. Viele der Vögel waren vom Aussterben bedroht, was die ganze Sache noch schlimmer machte.

Als die vier Freunde die Aula betraten, war diese noch gähnend leer. Nur vorne am Rednerpult wuselten ein paar Vereinsmitglieder herum. Paul warf Friedchen einen triumphierenden Blick zu.

»Pff!«, machte diese und pflanzte sich mitten in die erste Reihe.

»Von Zurückhaltung hat unser Friedchen noch nie was gehört«, sagte Tinka und seufzte. Dann setzte sie sich neben ihre Freundin.

»Gibt es hier eigentlich auch ein Büfett oder so was

Ähnliches?«, fragte Paul, der sich neben Rudi plumpsen ließ.

»Du hast doch gerade erst gegessen«, knurrte seine Schwester genervt.

»Das ist schon fast eine Stunde her«, brummte Paul.

Nach und nach füllte sich die Aula. Und als die Veranstaltung anfing, waren nur noch wenige Plätze unbesetzt.

Gerade als Herr Hirschhäuser mit der Begrüßung begonnen hatte, entdeckte Friedchen Balduin Sperber, den Tierpräparator, und seinen Sohn Samuel.

»Huhu«, schrie sie. »Wir sind hier vooorne! Setzt euch doch zu uns!« Sie fuchtelte wild mit den Armen.

»Victoria Fried!«, sagte Herr Hirschhäuser schmunzelnd. »Vielleicht lässt du mich ausnahmsweise mal zu Wort kommen.«

Friedchen fuhr herum und lief, was selten genug vorkam, rot an. Verlegen sah sie auf den Schulhof hinaus. Draußen lungerten diese Deppen aus der 7a herum, die sich andauernd über »die vier Meisterdetektive« lustig machten. Was die wohl am Nachmittag hier in der Schule zu suchen hatten?

Herr Hirschhäuser hatte sich inzwischen warm geredet. Er sprach über seltene Vogelarten, die Wichtigkeit

des Artenschutzes und die Gefahren, die den gefiederten Freunden tagtäglich drohten. Dann kam er auf Vogeleier, Nestbauarten und die Verbreitung der einzelnen Vögel zu sprechen. Rudi drohte schon einzuschlafen und Friedchen versuchte mühsam ein Gähnen zu unterdrücken. Irgendwie hatte sie sich diese Veranstaltung anders vorgestellt. Ihr Blick fiel wieder nach draußen. Was machten diese Typen da eigentlich? Es war noch ein Mädchen dazugekommen. War das nicht die »Schöne« aus der 7a? Die sehen nicht so aus, als würden sie sich für Vogelschutz interessieren, dachte Friedchen noch, dann fielen ihr die Augen zu.

»Victoria Fried, VICTORIA FRIED!« Herrn Hirschhäusers Stimme wurde immer lauter.

»Hä?«, machte Friedchen und rutschte vor Schreck vom Stuhl.

Verwirrt guckte sie sich um. Inzwischen waren zwei Pressefotografen angekommen. Friedchen wurde von ihren Freunden auf die Bühne gezerrt. Hände wurden geschüttelt. Blitzlichter blendeten sie, und noch ehe Friedchen richtig zu sich gekommen war, war die Veranstaltung zu Ende.

Noch leicht benommen ging sie neben ihren Freunden aus dem Saal.

»Die haben uns zum Essen beim Italiener eingeladen«, sagte Paul und war sichtlich begeistert.

»Kannst du echt *nur* ans Essen denken?«, fragte Friedchen schlecht gelaunt. Dass sie den Moment ihres Triumphs verpennt hatte, hatte ihrer Stimmung erheblich geschadet.

»Das Friedchen will nur ratzen,
der Paul denkt nur ans Schmatzen«,
reimte Rudi ungerührt.

»Das ist ja nicht zum Aushalten!« Friedchen stapfte davon und rumpelte heftig mit einem Jungen zusammen.

»Hallo, Victoria!«, sagte der Junge. »Du bist doch Victoria Fried?«

»Äh, ja, genau, die bin ich«, stammelte Friedchen und wurde zum zweiten Mal an diesem Tag rot.

2. Kapitel

Einmal Detektive, immer Detektive

»Wer war eigentlich der Knabe, den Friedchen so angehimmelt hat?«, fragte Paul, als er nach einer Riesen-Spezial-Pizza und zweimal Nachtisch endlich satt war. Samuel und sein Vater hatten sich bereits auf den Heimweg nach Eltville gemacht und nur Herr Hirschhäuser saß noch mit ein paar Vorstandskollegen am Nebentisch.

»Ich habe niemanden angehimmelt!«, brummte Friedchen.

»Der Niemand heißt Alexander und geht, glaube ich, in die Siebte oder so«, sagte Rudi ungerührt.

»Wen hat Friedchen angehimmelt?«, fragte Tinka.

»Niemand«, sagte Paul.

»Alexander Niemand«, ergänzte Rudi.

»Ich habe NIEMANDEN angehimmelt!«, quietschte Friedchen.

»Sag ich doch!«, antwortete Paul.

»Nun, Victoria, hast du dich von meinem einschläfernden Vortrag inzwischen erholt?«, fragte Herr Hirschhäuser, der gerade an ihren Tisch trat. »Ich hoffe …«, sagte er und setzte sich auf den freien Platz zwischen Tinka und Rudi. »Ich hoffe, in meinem Englischunterricht befällt dich nicht auch gelegentlich eine derartige Schläfrigkeit.«

»Kein Gedanke!«, antwortete Friedchen und guckte den Lehrer treuherzig an. »Ihr Unterricht ist immer superspannend. Ehrlich! Zumindest habe ich dabei immer ganz tolle Träume!«

»Ich wünschte, du würdest deine Schlagfertigkeit auch mal bezüglich der Englischvokabeln unter Beweis stellen«, sagte Herr Hirschhäuser. Sein Schmunzeln fiel dabei ein bisschen windschief aus. »Aber was ich eigentlich mit euch besprechen wollte: Ich möchte euren Einsatz für den Vogelschutz auch noch an anderer Stelle hervorheben. Gewissermaßen als Anregung für eure Mitschüler, sich ebenfalls dafür zu engagieren.« Er räusperte sich. »Zu diesem Zweck werde ich den großen Schaukasten mit ein paar Zeitungsartikeln, Fotos von euch und etwas Informationsmaterial bestücken. Um die Sache ein wenig anschaulicher zu machen, möchte ich gerne Rudis ausgestopfte Ratte dazustellen, wegen der die ganze Sache ja ins Rollen gekommen ist.«

»Oh, äh, ja klar«, sagte Rudi. Man sah ihm an, dass er darüber nicht sehr begeistert war.

»Zwei Wochen, und du bekommst deinen kleinen Freund zurück.« Herr Hirschhäuser lächelte Rudi aufmunternd an.

»So, nun muss ich aber los«, sagte er dann mit einem Blick auf seine Armbanduhr. »Ach so, eine kleine Bitte habe ich noch. Bei uns im Lehrerzimmer häufen sich zurzeit die Beschwerden über Sachbeschädigungen, kleine Diebstähle und so weiter. Auch ein Fall von Erpressung soll vorgekommen sein. Könntet ihr ein wenig die Augen offen halten?«

»Der hat Nerven!«, schimpfte Rudi, als der Lehrer gegangen war.

»Wieso?«, fragte Paul. »Die paar Tage kannst du doch wohl mal ohne deinen kleinen Nager auskommen.«

»Das meine ich nicht!«, antwortete Rudi ungeduldig. »Aber wir lassen uns doch nicht als Spitzel missbrauchen. Schon gar nicht von einem Lehrer. Auch wenn wir jetzt quasi mit ihm befreundet sind.«

»Der denkt sich wohl: einmal Detektive, immer Detektive!«, mutmaßte Friedchen grimmig.

»Nicht mit uns!« Tinka blickte wütend in die Runde.

»Genau!«, sagte Paul und war sich ausnahmsweise mal mit seiner Schwester einig.

»Stell dir vor«, sagte Rudi am Abend, als er in seinem Hochbett lag, zu seiner Ratte. »Stell dir vor, auf was für Ideen unser Lehrer kommt!« Die Ratte guckte Rudi mit großen Augen an.

Rudi fuhr fort: »Erstens will er dich in einen gläsernen Schaukasten stellen, damit alle dich begaffen können. Du bist doch nicht Schneewittchen! Okay, ich hab ihm zugesagt, aber …« Entschuldigend kraulte er die Ratte unter dem Kinn. »Ich wollte kein Spielverderber sein. Aber zwei Wochen ohne dich, wo du jetzt sowieso schon die ganze Zeit beim Reparieren warst – wie soll ich das aushalten?«

Die Ratte glotzte bloß.

»Scheint dir nicht allzu viel auszumachen, was?« Rudi

lächelte das struppige Tier liebevoll an. »Und außerdem ist er auf die Idee gekommen, dass wir hinter unseren Mitschülern herspionieren sollen. Bloß weil wir in letzter Zeit zwei echte Verbrechen aufgeklärt haben. Aber Schüler verpetzen ist doch was total anderes. Echt!«

Rudi knipste das Licht aus und rollte sich unter seiner Decke zusammen. In der Wohnung war es totenstill.

Rudis Vater Wilhelm, der als Redakteur beim *Kurier* viele Abendtermine hatte, war auch jetzt nicht zu Hause. Eigentlich hatte er versprochen, mit Rudi Abendbrot zu essen. Aber daraus war, wie so oft in letzter Zeit, nichts geworden. Wenn kurz vor acht das Telefon klingelte, konnte Rudi jede Wette eingehen, dass es Wilhelm war, der da am anderen Ende herumdruckste. Rudi hatte in solchen Momenten immer den Eindruck, dass es seinem Vater dabei schlechter ging als ihm selbst.

»Mach dir keine Sorgen, Alter!«, sagte er dann. »Ich komm schon zurecht. Esse ich eben mit Ratte und glotze im Fernsehen alles, was nicht jugendfrei ist.«

»Bloß nicht!«, flehte Wilhelm daraufhin immer und dann lachten sie beide.

Draußen auf der Straße fuhr ein Auto vorbei und ließ einen Lichtstreifen durchs Zimmer wandern. Für einen Moment blitzten Rattes grüne Augen auf.

»Weißt du, Ratte«, murmelte Rudi, »Schüler verpetzen ist ja echt nicht in Ordnung. Aber wer in der letzten Zeit die vielen Fahrräder kaputtmacht, das wüsste ich trotzdem gerne.«

3. Kapitel

So eine Sauerei!

»Uuuuuuhuuuuaaaaa!«

Schon von weitem hörte Rudi das Gebrüll, als er am nächsten Morgen mit Ratte unter dem Arm in die Schulstraße einbog. Dann sah er, dass es Heini war, der da so schrie. Rudi kannte ihn flüchtig, weil Heinis Klassenzimmer genau neben seinem lag.

»Es war noch ganz neu!«, brüllte Heini. »Ich habe es erst vorgestern zum Geburtstag bekommen.«

In der Hand hielt er den Lenker von seinem kanariengelben Mountainbike. Der Lenker war vom Fahrrad abmontiert worden, genauso wie der Sattel, der Gepäckträger und die Schutzbleche. Die Züge für die Bremsen und die Schaltung waren zerschnitten und baumelten lose am Rahmen. Um Heini herum drängelten sich jede Menge Schüler, die ihn mit Fragen bestürmten. Rudi bekam mit, dass Heini sein Fahrrad gestern in der Schule vergessen hatte, weil es noch neu war. Heini hatte sich einfach noch nicht daran gewöhnt, dass er jetzt ein Fahrrad hatte.

»Mein Vater bringt mich um, wenn er das erfährt«, heulte Heini und wischte sich mit dem Ärmel die Tränen ab. Dabei verteilte er schwarze Kettenschmiere in seinem Gesicht.

Rudi wollte sich gerade nach vorn drängen, um herauszukriegen, wer das gewesen sein könnte, als ihm Ratte einfiel. »Nee, du, zerquetschen lassen wir dich nicht!«, sagte er und machte einen weiten Bogen um die drängelnde Menge.

An der großen Glastür standen Mühli, Johannes, Pit und Verena aus der 7a.

»Guckt mal! Meisterdetektiv Hufnagel hat seinen Kampfhamster mit in die Schule gebracht«, feixte Mühli.

»Ist doch 'ne Ratte!«, plärrte Johannes.

»'ne Ratte? Huuu, da hab ich aber Angst«, flötete Verena und wollte sich ausschütten vor Lachen.

»Angst?«, brüllte Pit. »Die lass ich mir zu Rattenragout verarbeiten. Schmeckt lecker!« Er streckte seine Hand aus und wollte nach Ratte grabschen.

»Nimm deine Dreckpfoten weg!«, schimpfte eine Stimme hinter ihnen. Rudi drehte sich um.

»Friedchen!«, rief er. Die beiden nutzten den Moment

der Überraschung der vier Siebtklässler aus und marschierten hocherhobenen Hauptes an den Plagegeistern vorbei.

»Musst du ins Lehrerzimmer?«, fragte Friedchen und grinste. »Dann komm ich mit. Nicht, dass euch beiden noch was passiert!«

»Ha, ha!«, sagte Rudi. Aber insgeheim war er froh, nicht allein gehen zu müssen.

Herr Hirschhäuser nahm Ratte in Empfang und stellte sie etwas achtlos, wie Rudi fand, neben die Kaffeemaschine.

»Passen Sie gut auf das Tier auf!«, sagte Friedchen. »Rudi kann nämlich ohne seine Ratte nicht leben. Nicht wahr, Rudi?«

»Ist ja schon gut!«, zischte Rudi und guckte sich schnell im Lehrerzimmer um, ob sonst noch jemand mithörte. »Sie ist halt ein Erinnerungsstück«, sagte er und versuchte dabei so lässig wie möglich zu klingen.

»Keine Sorge!«, meinte Herr Hirschhäuser und lächelte. »Ich werde schon aufpassen.«

Beim Rausgehen bemühte sich Rudi, sich nicht noch einmal umzusehen. Aber als sie an der Tür waren, warf er doch noch einen letzten verstohlenen Blick auf Ratte, die allein unter lauter Lehrern zurückbleiben musste.

»Hast du mitgekriegt, was sie mit Heinis Fahrrad gemacht haben?«, fragte Rudi, als sie wieder draußen auf dem Gang waren.

Friedchen nickte grimmig. »Eine absolute Sauerei! Und dabei hat der arme Heini sowieso eine wahnsinnige Angst vor seinem Vater.«

Rudi fragte nicht, woher sie das schon wieder wusste. Friedchens Neugier war einfach unerschöpflich.

»Ich frage mich nur, wer so was macht«, überlegte Rudi. »Ob das dieselben waren, die auch das Fahrrad platt gemacht haben, das wir gestern vor der Veranstaltung gesehen haben?«

»Garantiert!«, antwortete Friedchen.

»Du siehst aus, als hättest du schon einen Verdacht«, meinte Rudi.

»Hm, möglicherweise«, sagte Friedchen bloß.

»Ist es nicht auch ein Unterschied, ob jemand nur die Reifen zersticht oder ob er gleich das ganze Fahrrad demoliert?«, fragte Rudi.

»Kaputt ist kaputt!«, sagte Friedchen finster.

»Hallo, Victoria!« Es war Alexander, der da den Gang entlanggeschlendert kam.

»Hi!«, sagte Friedchen und versuchte obercool zu klingen. Dabei grinste sie wie ein Honigkuchenpferd.

Alexander schob die Hände tief in die Taschen und lief neben den beiden her. Rudi grinste in sich hinein. Anscheinend hatte Friedchen einen neuen Verehrer.

»Habt ihr das auch gehört?«, fragte Alexander. »Da hat jemand das Fahrrad von so einem Knirps aus der Fünften geschrottet.«

Der hatte Nerven! Wusste er nicht, dass Friedchen und Rudi auch in die Fünfte gingen? Aber Friedchen schien

das gar nicht zu stören. Haarklein besprach sie mit Alexander alles, was sie über den Fall wusste. Und die ganze Zeit wich Alexander nicht von ihrer Seite. Dabei wusste Rudi ganz genau, dass die Klassenzimmer der Siebten in einem ganz anderen Trakt lagen.

»Wer nicht weiß, wo er hingehört,
bestimmt auch nachts den Mond anröhrt«,
murmelte Rudi.

»Was hast du gesagt?«, fragte Friedchen.

»Nichts, nichts«, sagte Rudi.

Tinka und Paul kamen heute zu spät. Die Mathestunde hatte schon seit gut fünf Minuten angefangen, als die beiden völlig außer Atem zur Tür hereinkamen. An der Verspätung waren mal wieder ihre kleinen Geschwister schuld. Lotte und Leander waren genau wie Tinka und Paul Zwillinge. Mit ihrer gesammelten Kleinkinderpower brachten sie den Haushalt der Familie Haussmann immer wieder kräftig durcheinander.

Nachdem Tinka und Paul von ihren morgendlichen Abenteuern berichtet hatten, erzählten Friedchen und Rudi flüsternd von dem Anschlag auf Heinis Fahrrad. Zum Glück war Frau Benner vorne an der Tafel so sehr mit ihren Matheaufgaben beschäftigt, dass sie davon nichts mitbekam.

In der Pause versammelten sich die vier an ihrem üblichen Treffpunkt, dem alten Ahornbaum.

»Vielleicht hat Hirschhäuser doch Recht gehabt und wir sollten mal die Augen offen halten«, überlegte Paul.

»Klar halten wir die Augen offen«, sagte Rudi. »Aber nicht als Spione für die Lehrer, sondern einfach so.«

»Einmal Detektive, immer Detektive!« Friedchen grinste in die Runde.

»Genau!«, meinte Tinka. »Und wir fangen mit einer Befragung des Opfers an.« Mit einem Kopfnicken deutete sie auf Heini, der schniefend am Eingang der Pausenhalle stand.

4. Kapitel

Vier Freunde voll im Stress

»Das gibt's doch nicht!«, sagte Tinka, als Heini wieder abgezogen war. Zu der Sache mit seinem Fahrrad hatte er nichts weiter sagen können, außer dass er das Fahrrad gestern tatsächlich einfach vergessen hätte. Er wäre so wie jeden Tag mit einem Freund nach Hause gegangen. Dort hätte er seinen Fehler natürlich sofort bemerkt. Aber blöderweise wäre in diesem Moment sein Vater um die Ecke gebogen. Ob Heini das Fahrrad gleich in den Schuppen gestellt hätte, so wie es ausgemacht gewesen wäre, hätte er wissen wollen. Und weil Heini so eine Angst vor seinem Vater hat, hätte er schnell ja gesagt und gehofft, dass die Sache nicht auffliegen würde.

»Wer könnte das denn gewesen sein?«, hatte Friedchen gefragt. Aber Heini hatte nur mit den Schultern gezuckt. Friedchen hatte nicht lockergelassen und da hatte er nach langem Herumdrucksen angefangen zu erzählen: von einem Freund, der in der letzten Zeit öfter Schwierigkeiten mit ein paar Typen gehabt hätte. In der Unterführung hätten sie ihm aufgelauert, ihn bedroht und ganz schlimme Sachen gesagt. Sein Taschengeld hätten sie auch haben wollen. Doch sein Freund, das wüsste er genau, bekäme gar kein Taschengeld. Aber das hätten sie ihm nicht geglaubt. Wer die Typen wären, hätte der Freund aus Angst nicht verraten wollen. Und auf Friedchens Frage hin, wer denn dieser Freund wäre, hatte Heini auf stur geschaltet. Er hatte auf seiner Unterlippe herumgekaut und immer nur gejammert: »Das darf ich nicht sagen, das darf ich nicht sagen.«

»Das gibt's doch echt nicht!«, wiederholte Tinka und guckte entrüstet in die Runde.

»Und wie es das gibt!«, sagte Friedchen grimmig.

»Wer ist bloß dieser Freund, von dem Heini da erzählt hat?«, fragte Paul und wischte sich die Krümel seines Pausenbrots vom Kinn.

»Ich habe so eine Ahnung, wer es sein könnte«, sagte Rudi. Die anderen sahen ihn erwartungsvoll an. »Ich kann mich täuschen«, meinte Rudi und kratzte sich am Kopf. »Aber ich glaube, der Freund heißt auch Heini.«

»Also, ich kenne nur einen Heini«, sagte Paul und seine Schwester nickte dazu.

»Oh, Mann!
Seid ihr manchmal schwer
von Begriff!«, schimpfte Friedchen.
»Es gibt gar keinen Freund. Hab ich Recht, Rudi?«
Rudi nickte.
»Keinen Freund?«, fragte Paul.
»Einen Freund hat Heini bestimmt«, sagte Rudi.

»Aber der, dem diese Sachen passiert sind, ist Heini selbst«, sagte Friedchen triumphierend. »Jede Wette!«

Die Schulglocke läutete.

»Da drüben kommt dein neuer Liebling, Friedchen«, sagte Rudi und deutete mit dem Daumen in Richtung Alexander, der gerade durch die Pausenhalle ging.

»Sollen wir dich bei Hirschhäuser entschuldigen, damit du noch ein bisschen mit deinem Herzallerliebsten plaudern kannst?«, fragte Paul kichernd.

»Ihr spinnt doch!«, sagte Friedchen und rauschte in Richtung Klassenzimmer davon.

In der zweiten großen Pause standen die vier vor Hirschhäusers neu gestaltetem Schaukasten. Rudi wollte sich davon überzeugen, dass seinem kleinen Nager auch wirklich kein Haar gekrümmt worden war. Paul, Tinka und Friedchen waren mehr an den Fotos und den Zeitungsausschnitten interessiert. Gerade als Friedchen laut die Bildunterschriften vorlas, kam Alexander um die Ecke gebogen. Friedchen unterbrach ihren Redefluss.

»Wenn Friedchen mal die Klappe hält,
dann nur weil Liebeswahn sie quält!«,
flüsterte Rudi und Friedchen versetzte ihm einen kräftigen Stoß in die Rippen.

»Hi«, sagte sie zu Alexander. »Unser Rudi leidet entsetzlich an Liebeskummer, weil er ein paar Tage ohne seine Ratte auskommen muss.«

»Ich habe schon gehört, welche Rolle dieses Dings bei euren Heldentaten gespielt hat«, sagte Alexander und lächelte Friedchen mit strahlenden Augen an. »Ist wirklich toll, was ihr da geleistet habt.«

»Ja, nicht?« Friedchen strich sich eine Haarsträhne aus dem Gesicht. Rudi warf Tinka und Paul einen vielsagenden Blick zu. Warum Friedchen so ein Getue um jemanden machte, der seine Ratte als »Dings« bezeichnete, konnte er nicht verstehen.

»Und habt ihr schon eine heiße Spur, was den geheimnisvollen Fahrradmörder betrifft?«, fragte Alexander.

Friedchen holte schon Luft, um etwas zu sagen, da fuhr Rudi dazwischen.

»Im Moment haben wir dafür leider keine Zeit!«

Friedchen klappte den Mund wieder zu.

»Nur für den Fall, dass ihr es euch anders überlegt«, sagte Alexander und sah die vier vielsagend an. »Ich habe den Verdacht, dass die Übeltäter ausgerechnet in *meiner* Klasse zu finden sind!«, raunte er. »Mehr kann ich zurzeit nicht sagen, aber …«

Tinka guckte Alexander mit großen Augen an und Friedchen sagte: »Hab ich's mir doch gedacht!«

»Du weißt also, wovon ich rede.« Alexander nickte Friedchen bewundernd zu. Friedchen wollte gerade etwas erwidern, als Herr Hirschhäuser mit seinem typischen federnden Gang den Flur entlangkam.

»Na, wie findet ihr meine kleine Ausstellung?«, fragte er und strahlte voller Stolz. »Es ist doch erstaunlich, was diese vier hier geleistet haben, nicht wahr, Alexander? Alexander ist übrigens auch Mitglied im Vogelschutzverein. Macht seine Sache gar nicht schlecht.« Herr Hirschhäuser lächelte Alexander kurz zu, dann wandte er sich wieder den vier Freunden zu. »Heute Mittag kommt übrigens noch ein Team vom Frühstücksfernsehen, das mit euch reden will; morgen kommt Herr Peschken vom Stadtradio, um euch zu interviewen, und eventuell noch zwei Frauen vom Kinderfunk. Mit dem Direktor habe ich schon gesprochen, damit ihr freigestellt werdet.« Herr Hirschhäuser rieb sich die Hände. »Durch euch wird unsere Schule noch berühmt und der Vogelschutzverein kann auch ein bisschen mehr Aufmerksamkeit vertragen.«

Vor lauter Terminen kamen Rudi, Friedchen, Tinka und Paul in den folgenden Tagen kaum zum Nachdenken. Nachdem die Frauen vom Kinderfunk da gewesen und die vier im Frühstücksfernsehen aufgetreten waren, kamen immer mehr Sender und Zeitungen auf die Idee, etwas über die Kinder zu bringen. Cornelius, Friedchens großer Bruder, hatte die vier sogar ins Studio des Hessischen Rundfunks nach Frankfurt fahren müssen. Dort waren sie in einer Talkshow im Fernsehen aufgetreten. Eigentlich hätte auch Samuel mit dabei sein sollen, aber der lag mit einer fiesen Sommergrippe im Bett.

»Ihr seid wahrscheinlich das Beste, was den Fernsehfritzen in der Saure-Gurken-Zeit passieren konnte«, hatte Cornelius gebrummt.

»Sei doch froh!«, hatte Friedchen gesagt. »Jetzt kannst du wenigstens vor deinem Harem mit mir angeben.«

»Harem?«, fragte Tinka. »Ist Cornelius denn nicht mehr mit Bianka zusammen?«

»Im Prinzip schon«, antwortete Friedchen. »Im Moment ist nur mal wieder dicke Luft. Gell, Brüderlein, musst du eben so lange mit mir vorlieb nehmen.« Sie grinste und drückte ihrem Bruder einen feuchten Schmatz auf die Wange. Der seufzte und wünschte sich irgendwohin, wo es keine kleinen Schwestern gab.

Es war so viel los, dass die vier kaum an so banale Dinge wie Englischvokabeln und Matheaufgaben dachten, wie Herr Hirschhäuser seufzend feststellte. Und auch die Vorkommnisse um Heini und die zerstörten Fahrräder waren vollkommen in den Hintergrund gedrängt worden. Heini strich zwar oft in ihrer Nähe herum und guckte sie mit großen Augen erwartungsvoll an, aber meistens zog er nach einiger Zeit enttäuscht wieder ab. Auch Alexander versuchte die Freunde gelegentlich daran zu erinnern, dass sie ihren Ruf als Meisterdetektive zu verteidigen hätten. Rudi war jedoch davon überzeugt, dass Alexander das nur tat, um ab und zu in Friedchens Nähe auftauchen zu können.

5. Kapitel

Schreck am Morgen

»Komisches Gefühl!«, sagte Tinka, als sie an einem der nächsten Tage morgens vor der Schule standen. »Heute ist ein stinknormaler Schultag ohne das klitzekleinste Interview.«

»Nicht mal eine winzige Schülerzeitung?«, fragte Paul. Tinka schüttelte den Kopf.

»Die Bäckerblume?« Paul gab nicht auf.

»Nee!« Friedchen stöhnte. »Ich fürchte, wir müssen die Englischarbeit mitschreiben. Ich habe zwar die Leute vom Radio angerufen und versucht, sie zu überzeugen, dass wir gerade heute Morgen noch was ganz Wichtiges zu erzählen haben, aber ...«

»Willst du noch mal im Radio singen,
musst du noch mehr Verbrecher bringen!«,
dichtete Rudi. Er war in der Runde der Einzige, der der Englischarbeit gelassen entgegensah.

Vor der Glastür lümmelten wie so oft einige Schüler aus der 7a. Friedchen verrenkte sich fast den Hals, aber Alexander war nirgends zu entdecken. Stattdessen sah sie Mühli, Johannes und Verena. Verena hatte sich die Augen schwarz umrandet. Sie sah aus wie ein Filmstar.

»Pff!«, machte Friedchen.

»Ah! Unsere Helden mischen sich mal wieder unters Volk«, sagte Mühli und ließ ein meckerndes Lachen hören.

»Lass doch die Zwerge!«, meinte Verena gelangweilt und fuhr sich mit den Fingern durch ihr langes, schokoladenbraunes Haar.

»*Wir* wachsen noch!«, zischte Friedchen. »Was man von deinem Hirn nicht behaupten kann.« Verena zuckte nur mit den Schultern.

»Kommt weiter!«, drängte Paul, dem es unter den hämischen Blicken von Mühli und Johannes allmählich mulmig wurde.

Rudi guckte verstohlen auf seine Armbanduhr. »Äh ...«, sagte er.

Friedchen kicherte. »Ich weiß schon, was du willst«, sagte sie. »Ja, wir haben noch Zeit, schnell bei Ratte vorbeizugehen.«

Rudi grinste verlegen.

»Friedchen, unser Hexenwesen,
kann perfekt Gedanken lesen«,
murmelte er. Paul und Tinka verdrehten die Augen.

Tinka sah es als Erste. Sie packte Rudi am Ärmel. Der war blass geworden und starrte mit weit aufgerissenen Augen auf den Glaskasten.

»Das gibt's doch nicht!«, sagte Paul.

»Anscheinend doch«, erwiderte Friedchen und kratzte sich ratlos am Kopf.

In Hirschhäusers Schaukasten war noch alles an seinem Platz: die Fotos, die Zeitungsausschnitte, sogar das Nest mit den Vogeleierattrappen, das Hirschhäuser von der Biologielehrerin ausgeliehen hatte. Aber was fehlte, war Ratte. Die Stelle, an der sie gestanden hatte, war gähnend leer.

»Vielleicht hat Hirschhäuser sie schon rausgenommen?«, fragte Tinka zweifelnd.

»Ja, vielleicht hat das Fernsehteam sie noch mal gebraucht«, sagte Friedchen und legte Rudi die Hand auf die Schulter. Der schüttelte sie ab und ging näher an den Kasten heran. Er drückte sich die Nase an der Scheibe platt. Dabei bemerkte er den feinen Sprung im Glas, der vom Sicherheitsschloss am unteren Ende ausging. Als er

das Schloss berührte, merkte er, dass sich die Scheibe ohne Widerstand beiseite schieben ließ.

»Irgendjemand hat das Schloss geknackt!«, stellte er fest.

»Welche Ratte hat das gemacht?«, schimpfte Paul. Sofort bekam er von seiner Schwester einen warnenden Knuff in die Seite.

»Ich meine: Welches Schwein hat das gemacht?«, korrigierte er sich verlegen.

»Das darf nicht wahr sein!«, brüllte Rudi. »Hätte ich mich doch nie auf diesen Quatsch eingelassen!« Rudi gab dem Schaukasten einen Tritt, dass die Scheiben klirrten. »Eine Ratte ist schließlich kein Schneewittchen!«, schrie er und raufte sich die Haare. Seine Freunde sahen sich an und wussten nicht, wie sie ihn beruhigen sollten. Tinka fasste sich als Erste.

»Ich hole Hirschhäuser!«, sagte sie.

Mit flatterndem Schlips kam Herr Hirschhäuser den Gang entlanggehastet. Rudi sah aus, als wolle er seinem Lehrer direkt an die Gurgel springen. Paul legte ihm beruhigend die Hand auf den Arm. Herr Hirschhäuser blickte die vier Freunde an.

»Ich kann es nicht glauben ...«, stammelte er. »Ich hab doch gestern noch ... Da war doch noch alles ... Ich bin mir ganz sicher, dass ...« Unruhig nestelte er an seiner Hosentasche und holte den Schlüssel für den Schaukasten hervor.

»Das Schloss wurde geknackt!«, sagte Rudi ungeduldig.

»Geknackt? Äh ... Was? ... Ungeheuerlich!« Langsam gewann der Lehrer seine Fassung wieder. »Ich bin untröstlich, Rudi!«, sagte er. »Und ich versichere dir, ich werde alles, wirklich alles in meiner Macht Stehende tun, um dir deine Ratte wiederzubeschaffen.« Er straffte die Schultern und strich sich den Schlips glatt. »Aber jetzt müssen wir erst mal in die Klasse. Ihr wisst, die Englischarbeit ...«, fügte er bedauernd hinzu. Friedchen stöhnte auf.

»Sie können doch *jetzt* keine Arbeit schreiben lassen!«, protestierte sie, aber Herr Hirschhäuser war schon um die Ecke gebogen.

»Puh!« Erschöpft ließ Friedchen sich gegen den alten Ahornbaum sinken. In der vergangenen Stunde hatte sie wirklich ihr Bestes gegeben. Viel war das leider nicht gewesen. Auch Rudi hatte das Gefühl, dass er soeben das erste Mal eine Englischarbeit gründlich verhauen hatte.

»Was ist denn mit euch los? Ihr seht aus, als wärt ihr von einer Dampfwalze überfahren worden!«, rief Alexander, der gerade gut gelaunt über den Schulhof kam.

»Englischarbeit«, brummte Paul finster. Und Friedchen, die sich bei Alexanders Auftauchen sofort in Positur geworfen hatte, rief: »Hast du noch nicht gehört, was passiert ist?«

Alexander schüttelte den Kopf. »Seit Heinis Fahrrad demoliert wurde, ist es hier verdächtig ruhig.« Friedchen beeilte sich, ihm alles haarklein über Rattes Verschwinden zu erzählen.

»Nein!«, rief er ungläubig. »Wer macht denn so was?«

»Wenn wir das wüssten!«, sagte Friedchen.

»Glaubt ihr, es sind dieselben, die auch Heinis Fahrrad auf dem Gewissen haben?«, fragte Alexander.

»Wie kommst du denn auf die Idee?« Rudi sah ihn verständnislos an.

»Vielleicht hat er ja Recht!«, sagte Friedchen und warf Alexander einen bewundernden Blick zu.

»Tss!« Rudi schüttelte den Kopf. »Was hat denn das eine mit dem anderen zu tun?«

Alexander zupfte Friedchen am Ärmel und zog sie ein bisschen außer Hörweite. »Bei den Fahrradgeschichten

hatte ich ja schon immer einen Verdacht. Du weißt!«, flüsterte er.

»Du meinst die aus deiner Klasse?«, raunte Friedchen. Alexander nickte.

»Mühli, Johannes und so?«, fragte Friedchen leise.

»Du hast es erfasst!« Alexanders Mund war dicht an Friedchens Ohr. Sie hatte das Gefühl, als sei ihr Bauch voll mit warmem Vanillepudding.

»Wie kommst du auf die?«, fragte Friedchen. Mist! Warum klang ihre Stimme auf einmal so heiser?

»Ich habe sie beobachtet«, erzählte Alexander. »Sie waren auffällig oft bei den Fahrradständern. Und einmal habe ich von weitem gesehen, wie sie Heini bedrängt haben.« Friedchen nickte aufgeregt.

»Und gestern ...«, fuhr Alexander fort. »Ich weiß aber nicht, ob das irgendwas damit zu tun hat. Gestern Nachmittag bin ich an der Schule vorbeigekommen. Ich wollte zum Handballtraining. Das ist ganz hier in der Nähe. Jedenfalls sehe ich, als ich hier entlangradele, Mühli, Johannes und Pit aus dem Fahrradkeller kommen. Ich denke noch: Was machen die denn um diese Zeit hier?«

Friedchen schluckte und hing wie gebannt an Alexanders Lippen.

»Sie haben sich so komisch umgeguckt«, erzählte

Alexander weiter. »Und dann sind sie in Richtung Bushaltestelle davongetrabt.«

»Aha«, sagte Friedchen. »Weiter nichts?«

»Nein, weiter nichts.« Alexander überlegte. »Einen Rucksack hatten sie noch dabei. Da hat irgendwas Grünes rausgeguckt. Aber das heißt natürlich gar nichts.« Alexander lächelte entschuldigend.

Friedchen lächelte zurück. Dieser Alexander war einfach ein netter Typ. Auch wenn er ihnen, was Ratte anging, nicht wirklich weiterhelfen konnte. Nur bei der Sache mit dem Fahrrad hatte Friedchen von Anfang an den gleichen Verdacht gehabt.

6. Kapitel

Spaghetti und grüne Lastwagen

Zum Mittagessen gingen alle vier zu Rudi. Sie wollten zusammen Spaghetti kochen. Wilhelm war wieder einmal den ganzen Tag unterwegs und zu Hause wartete nur Dr. Berzelmeier, der hölzerne Diener, im Flur. Rudi wäre am liebsten in der Schule geblieben und hätte sein Lager unter dem geplünderten Schaukasten aufgeschlagen. Aber Paul hatte ihn überzeugt, dass es besser wäre, bei einer kräftigen Mahlzeit erst mal gründlich Kriegsrat zu halten. Beim Tomatenschnippeln wollte Tinka wissen, was Alexander denn so Wichtiges zu sagen gehabt hatte.

»Oder war das nicht für unsere Ohren bestimmt?«, fragte sie schnippisch.

»Quatsch!«, antwortete Friedchen und biss in eine Karotte. »Es war nichts Aufregendes. Und es hilft uns auch nicht wirklich weiter. Bloß, dass Alexander die Typen aus seiner Klasse, ihr wisst schon, Mühli, Pit, Johannes und so, verdächtigt, etwas mit den zerstörten Fahrrä-

dern zu tun zu haben. Aber das hab ich mir sowieso die ganze Zeit gedacht.« Selbstzufrieden mümmelte Friedchen ihre Karotte.

»Ach nee!«, meinte Paul. »Davon hast du uns aber noch nichts gesagt.«

»Sie unterhält sich eben lieber mit dem göttergleichen

Alexander!«, sagte Rudi giftig. Über seiner Nase hatte sich eine steile Falte gebildet. Friedchen fühlte sich plötzlich unwohl in ihrer Haut. »Ich hatte nicht vor, euch das zu verschweigen! Ehrlich! Es war nur plötzlich so viel los.« Sie schaute von einem zum anderen. Tinka hatte zweifelnd die Stirn gerunzelt. »Oh, Mann! Jetzt guckt nicht so!« Haarklein wiederholte Friedchen jedes einzelne Wort, das sie mit Alexander gewechselt hatte. »Das ist alles!«, sagte sie schließlich. »Und wegen Ratte hilft uns das auch nicht weiter.«

Rudi hackte nachdenklich auf einer Zwiebel herum. »Aus dem Rucksack hat etwas Grünes geguckt?«, fragte er. Friedchen nickte.

»Und da ist dir echt nichts aufgefallen?«

Friedchen schüttelte langsam den Kopf. Und auch Paul und Tinka guckten ratlos.

»Ratte ist doch nicht grün«, sagte Tinka vorsichtig. Rudi guckte so grimmig, als wollte er gleich explodieren.

»Ihr wollt Detektive sein und könnt noch nicht mal einen Lastwagen erkennen, wenn er direkt vor eurer Nase steht!«, schimpfte Rudi.

»Was für ein Lastwagen?«, fragte Paul. Rudi stöhnte. »Ist doch nur ein Beispiel!«

Tinka versuchte ihn zu beschwichtigen. »Jetzt beruhigst du dich erst mal und dann erzählst du uns, was der grüne Lastwagen mit Ratte zu tun hat«, sagte sie freundlich.

»UUUUUAAAAH!«, brüllte Rudi.

Paul war inzwischen dabei, schnell die Nudeln abzugießen.

»Jetzt gibt's erst mal was zu mampfen, bevor wir uns hier gegenseitig auffressen, und dann fangen wir noch mal ganz von vorne an.«

Als sein Magen gefüllt war, wirkte Rudi in der Tat um einiges versöhnlicher.

»Ratte ist natürlich nicht grün«, erklärte er, »aber das Brett, auf dem sie steht, das ist grün.« Vorwurfsvoll schaute er in die Runde.

»Jetzt wo du es sagst ...«, meinte Paul.

»'tschuldigung, dass wir dein geliebtes Haustier nicht genauso auswendig kennen wie du!«, sagte Friedchen.

»Pst!«, machte Tinka beschwichtigend.

»Das heißt, was die Typen in ihrem Rucksack rumgeschleppt haben, könnte tatsächlich Ratte gewesen sein«, stellte Paul fest.

»Du hast es erfasst!«, sagte Rudi und ließ sich erschöpft auf seinem Stuhl zurückfallen.

»Und jetzt?«, fragte Tinka.

»Jetzt holen wir Ratte zurück!«, rief Friedchen. Schnell wurde klar, dass das nicht so einfach war. Denn auch wenn es wirklich Ratte war, die die Jungs aus der 7a in ihrem Rucksack gehabt hatten, konnte keiner wissen, wohin sie damit gegangen waren und was sie mit ihr gemacht hatten. Lange saßen die vier auf Rudis Hochbett und grübelten darüber nach, wie sie bei der Suche vorgehen könnten. Mit seinem ungeduldigen Gezappel machte Rudi seine drei Freunde nervös.

»Wenn wir wenigstens wüssten, welcher von denen den Rucksack aufgehabt hat«, murmelte Paul.

»Das müsste doch Alexander wissen«, antwortete seine Schwester. »Können wir den nicht anrufen?«

»Ja!« Rudi sprang auf und holte das Telefon aus Wilhelms Arbeitszimmer.

»Wer hat die Nummer?«, fragte er aufgeregt.

»Niemand«, sagte Paul. »Ich weiß nicht mal, wie der Knabe mit Nachnamen heißt.«

Alle sahen Friedchen erwartungsvoll an. Sie schüttelte den Kopf. Es fiel ihr auch niemand ein, den sie fragen könnten.

»Hirschhäuser!«, rief Tinka nach einer Weile. »Hirschhäuser kennt ihn doch aus dem Vogelschutzverein.«

Herr Hirschhäuser war sehr erfreut, Friedchen zu hören, beeilte sich aber zu erklären, dass es leider noch keine Spur von Ratte gab.

»Fürs Erste brauchen wir nur den Nachnamen von Alexander aus der 7a«, sagte Friedchen. Herr Hirschhäuser schien jede einzelne seiner Gehirnzellen nach dem Namen abzusuchen. Solange herrschte Schweigen, unterbrochen von gelegentlichen »Ähs«.

»Da können Sie mal sehen! So geht es mir immer, wenn Sie Englischvokabeln von mir wissen wollen«, sagte Friedchen und grinste.

»Aber im Gegensatz zu dir fällt es mir dann doch noch ein!«, konterte der Lehrer. »Stubenrauch, Alexander Stubenrauch heißt der Junge.«

Alexander erklärte, dass es Mühli gewesen war, der den Rucksack auf dem Rücken gehabt hatte, und zufällig wusste er auch, wo Mühli wohnte. In der Kellerstraße gegenüber einer Reinigung. Rudi bedankte sich und richtete grinsend ein paar Extragrüße von Friedchen aus. Friedchen warf ihm ein Kissen an den Kopf.

Das Haus gegenüber der Reinigung fanden sie gleich. Es wohnten drei Parteien darin: Mühlheimer, Müller und Kumpfmühl.

»Na toll!«, meckerte Paul. »Und jetzt?«

»Jetzt kaufen wir uns da vorne am Kiosk ein Eis und beobachten den Schuppen, bis uns was Besseres einfällt«, schlug seine Schwester vor.

»Das könnt ihr ja machen!«, sagte Rudi ungeduldig. »Ich geh da rein und guck mich mal um.«

Friedchen schloss sich ihm an. Sie hatten Glück. Gerade als sie sich dem Haus wieder näherten, ging die Haustür auf und eine alte Frau trat auf die Straße. Galant hielt Rudi ihr die Tür auf.

»Vielen Dank, junger Mann!«, sagte die Frau erfreut und wackelte davon. Schnell schlüpften Rudi und Friedchen in den Hausflur. Hier war es dunkel und muffig. Aus der Wohnung im Erdgeschoss kam irgendeine Dudelmusik.

»Und jetzt?«, flüsterte Friedchen. Rudi zuckte die Achseln. Langsam stieg er die Treppe hoch und sah sich überall gründlich um. Aber es gab nicht den geringsten Anhaltspunkt, wer hinter den einzelnen Wohnungstüren wohnte. Rudi und Friedchen stiegen bis in den obersten Stock. Wenn sie wenigstens gewusst hätten, wie Mühli mit Vornamen hieß! Im Treppenhaus blieb alles still. Unschlüssig standen die beiden auf dem obersten Treppenabsatz.

»Gehen wir wieder«, flüsterte Friedchen und wollte sich gerade in Bewegung setzen, als im zweiten Stock die Wohnungstür aufgerissen wurde.

»Du Ratte!«, schimpfte eine Stimme. Rudi zuckte zusammen.

»Verloren ist verloren!«, hörten sie eine andere Stimme aus der Wohnung antworten. »Ich habe gewonnen und du musst für mich die Treppe putzen, so war es ausgemacht!«

Die Stimme vor der Tür murmelte etwas Unfreundliches. Vorsichtig linsten Rudi und Friedchen durch das Geländer. Unten stand Mühli mit Schrubber und Putzeimer bewaffnet und machte ein finsteres Gesicht. Missmutig tauchte er den Putzlappen ins Wischwasser, wie in Zeitlupe zog er ihn wieder heraus und klatschte den nassen Lappen auf die Treppe. Friedchen und Rudi sahen sich an.

Ob Mühli auch hier oben putzen würde? Hoffentlich nicht.

Nach einer Ewigkeit, so kam es den beiden jedenfalls vor, nahm Mühli die nächstuntere Stufe in Angriff.

Friedchen unterdrückte einen Seufzer und ließ sich auf die Treppe sinken.

7. Kapitel

Teddybär und Riesenbaby

Draußen auf der Bank wurden Paul und Tinka langsam unruhig. Sie hatten ihr Eis gegessen. Sie hatten mit der Kioskbesitzerin geplaudert und dann noch ein Eis gegessen, aber Friedchen und Rudi waren immer noch nicht wieder aufgetaucht.

»Wir gehen mal nachgucken!«, sagte Tinka und Paul nickte beklommen. Doch kaum waren sie den ersten Schritt gegangen, wurde drüben die Haustür aufgerissen. Zwei Jungs kamen aus dem Haus gestürmt. Der größere war ungefähr sechzehn Jahre alt und der kleinere war …

»Mühli!«, zischte Tinka. »Aber wo sind Rudi und Friedchen?«

»Komm!«, sagte Paul und schlich, als die beiden Jungs um die Ecke gebogen waren, auf das Haus zu. Die Haustür war ins Schloss gefallen und blieb fest verschlossen.

»Blöd, dass keiner von den beiden ein Handy hat«, sagte Tinka und guckte ratlos an der Fassade hoch. In dem Moment streckte Friedchen vorsichtig ihren Kopf zur Tür heraus.

»Ach, ihr seid's!«, sagte sie erleichtert. »Wir haben Schatten gesehen und dachten, die Deppen wären zurückgekommen.« Hastig erzählte sie, was sie in der Zwischenzeit beobachtet hatten. Mühli und sein Bruder hatten, nachdem Mühli das Treppeputzen endlich beendet hatte, die Wohnung verlassen und den Schlüssel – Friedchen grinste triumphierend – den Schlüssel hatten sie unter die Fußmatte gelegt. Für den dritten Mühlibruder, der seinen vergessen hatte.

»Ihr wollt doch nicht ...?«, fragte Tinka ängstlich.

»Und ob wir wollen!«, antwortete Rudi entschlossen. »Schließlich geht es um Ratte!«

Sie beschlossen sich aufzuteilen. Rudi und Paul wollten in die Wohnung gehen, während Tinka und Friedchen draußen Wache schieben sollten. Bei Gefahr würde eine der beiden bei Mühli klingeln.

Beim Hochgehen rutschte Paul auf der klatschnassen Treppe aus.

»Mühli hat geputzt«, sagte Rudi.

»Verstehe!«, brummte Paul und rieb sich das Schienbein.

Der Schlüssel lag tatsächlich unter der Matte. Rudi schloss auf und ließ seinem Freund den Vortritt. Von einem langen Flur gingen mehrere Zimmer ab. Gleich rechts war eine Wohnküche, in der einige verschmierte Töpfe auf dem Herd standen. In der Spüle türmte sich Geschirr. Am Kühlschrank hing ein großer Zettel:

Küchendienst diese Woche!
Andi und Bastian

Der Raum gegenüber war eine Mischung aus Wohnzimmer und Elternschlafzimmer. Die drei Zimmer im hinteren Teil des Flurs gehörten offensichtlich den drei Brüdern. Nur welches war das von Mühli? Rudi und Paul guckten sich ratlos an.

»Glaubst du, Mühli will Schwarzenegger Konkurrenz machen?«, fragte Paul, als sie den ersten der drei Räume unter die Lupe nahmen. Hier lagen überall Hanteln herum. Ein Boxsack hing von der Decke und unter dem Fenster stand eine Rudermaschine. Rudi schüttelte zweifelnd den Kopf. Als er das riesige T-Shirt über dem Stuhl und die monstergroßen Turnschuhe in der Ecke sah, war er sicher, dass Mühli hier bestimmt nicht wohnte.

Der Raum nebenan war voll gestopft mit Modellautos und Heavy-Metal-CDs. Die herumliegenden Klamotten

hätten Mühli passen können, aber dann entdeckten sie über dem Schreibtisch einen Stundenplan für die Klasse 9c.

»Fehlanzeige«, stellte Rudi fest und ging voraus in das letzte Zimmer.

»Gegen Mühli sind seine Brüder echte Ordnungsfanatiker«, meinte Paul und kratzte sich am Kopf.

»Ich dachte immer, das größte Chaos dieser Welt ist auf Wilhelms Schreibtisch.« Rudi überlegte verzweifelt, wo in diesem Durcheinander Ratte versteckt sein könnte.

»Na los, fangen wir an!«, sagte Paul. »Du übernimmst die linke Hälfte und ich die rechte. Vielleicht finden wir auch einen Hinweis auf die Fahrradanschläge. Na los!«

»Pullis, Unterhosen, Socken.

Wo mag wohl die Ratte hocken?«,

murmelte Rudi.

Paul sah seinen Freund genervt an. »Mensch, Rudi! Reiß dich mal zusammen! Dafür haben wir jetzt echt keine Zeit.«

Sie fanden eine ganze Menge. Unter Mühlis Bett lagen stapelweise Comic-Hefte und Gruselkrimis. In Mühlis Bett saß ein abgeliebter Teddybär. Klein-Mühlis Schmusetier, nannte Paul ihn verächtlich. CDs, Computerspiele, Elektronikschrott, ein paar Bücher aus Mühlis Kleinkinderzeit, eine riesige Sammlung von Überraschungseierfiguren und und und ... Der spektakulärste Fund war ein großes Klappmesser. Ratte fanden sie nicht. Gerade als Paul in Mühlis Kleiderschrank abtauchen wollte, klingelte es. Die beiden fuhren herum.

»Los, raus hier!«, rief Rudi und flitzte zur Wohnungstür. »Wir müssen erst mal die Treppe rauf, bis die Luft rein ist«, zischte er Paul zu, der mit einer von Mühlis Unterhosen in der Hand hinter ihm herkam. Rudi riss die Tür auf – und prallte mit einem riesigen Etwas zusammen.

»Was ist denn hier los?«, fragte das riesige Etwas. Es handelte sich anscheinend um Mühlis zweiten Bruder, den Bodybuilder. Unsanft packte er Rudi am Kragen. Mit der anderen Hand grabschte er nach Paul.

»Wir sind Freunde von Mühli«, quetschte Rudi geistesgegenwärtig hervor.

»Mühli? Wer ist Mühli?«, fragte der Muskelprotz.

Hilflos guckte Rudi zu Paul rüber.

»Dein Bruder«, krächzte Paul.

»Sehr witzig!«, sagte der Kraftmensch. »Ich habe zwei Brüder!«

»Genau!«, sagte Rudi und versuchte ein lässiges Gesicht zu machen. Das misslang kläglich.

»Wir gehen in seine Klasse«, sagte Paul.

»Ach nee!« Der Riese ließ ein unfreundliches Lachen hören. »Wusste gar nicht, dass mein Bruder in eine Zwergenschule geht.« Er packte die beiden fester und schob sie vor sich her in die Küche.

»Jetzt noch mal ganz langsam und ganz von vorn!«, sagte er drohend.

Währenddessen standen Tinka und Friedchen unten hinter dem Mülltonnenhäuschen und beobachteten die Straße. Es war alles ruhig. Friedchen war ein bisschen aufgeregt, denn eben war zufällig Alexander auf seinem Fahrrad vorbeigekommen. Er habe ein paar Besorgungen für seine Mutter zu machen, gleich hier um die Ecke, hatte er gesagt und einen Moment mit den beiden geplaudert. Friedchen und Tinka hatten natürlich kein Sterbenswörtchen davon verraten, dass die beiden Jungs gerade im Begriff waren, in Mühlis Wohnung einzubrechen. Man konnte ja nie wissen, wie ein Junge wie Alexander auf solche Gesetzesübertretungen reagieren würde. Zum Schluss hatte er Friedchen noch verschwörerisch zugeblinzelt und war dann weitergefahren. Friedchen hatte einen Seufzer ausgestoßen und hinter ihm hergeguckt.

»Isser nich süß?«, hatte Tinka gefragt und ihre Freundin spöttisch angegrinst.

»Pff!« Friedchen hatte sich weggedreht und höchst konzentriert ihre Beobachtungen wieder aufgenommen.

Nach einer halben Stunde wurden sie langsam unruhig. Nach einer weiteren halben Stunde wollte Friedchen nachschauen gehen, aber Tinka hielt sie zurück. Nachdem noch zwei halbe Stunden verstrichen waren, hielt auch Tinka nichts mehr auf ihrem Posten.

»Da ist doch was passiert!«, rief sie und stapfte entschlossen auf die Haustür zu. Friedchen hielt sie am Ärmel zurück.

»Nun mal langsam, lass uns doch erst mal überlegen!«, sagte sie.

»Sollen wir Kommissar Seiler anrufen?«, fragte Tinka.

»Der wird uns was husten!«, sagte Friedchen und spähte an der Hauswand hoch, konnte aber nicht das Geringste entdecken. »Ich gucke mal, ob es eine Hintertür gibt, durch die wir uns reinschleichen können. Du bleibst weiter auf dem Posten, okay?« Doch in diesem Moment wurde die Haustür aufgestoßen und Rudi und Paul traten völlig zerzaust auf die Straße.

»Warum habt ihr uns nicht gewarnt?«, schimpfte Paul als Erster los. Tinka, die ihrem Bruder eigentlich um den Hals fallen wollte, zuckte zurück.

»Gewarnt?«, fragte sie.

»Ja! Ihr müsst doch gesehen haben, wie dieses Riesenbaby zur Haustür reingegangen ist.«

»Riesenbaby? Welches Riesenbaby?«, fragte Friedchen.

»Das Riesenbaby, das an der Wohnungstür geklingelt hat, weil es keinen Schlüssel dabeihatte. Das Riesenbaby, das seine Tage mit Bodybuilding verbringt. Das Riesenbaby, das uns in der Wohnung festgehalten hat und das so winzig ist, dass ihr Trantüten es übersehen habt!« Rudis Stimme überschlug sich fast vor Wut.

Tinka war blass geworden.

»Der muss reingeschlüpft sein, als Alexander hier vorbeigekommen ist«, sagte sie kleinlaut.

»Alexander! So!«, sagte Rudi und guckte Friedchen an. Sein Blick hätte die Südsee in Eiswürfel verwandeln können.

8. Kapitel

Angebrannter Mandelpudding

»Was hat er denn nun genau mit euch gemacht?«, fragte Tinka.

»Hmpfgrbmpf«, machte Paul mit vollem Mund. Die vier waren von der Kellerstraße schnurstracks zur nächsten Pommesbude gelaufen.

»Schluck doch erst mal runter!«, sagte seine Schwester ungeduldig.

»Redet Paul mit vollem Mund,
tut er nichts als Wahrheit kund!«,

reimte Rudi.

»Rudi reimt wieder, Gott sei Dank!«, sagte Friedchen. Rudi warf ihr nur einen finsteren Blick zu.

»Er hat …«, erzählte Paul und guckte düster von einem zum anderen. »Er hat uns gezwungen, den Abwasch zu machen!«

»Ach!« Friedchen atmete erleichtert aus. »Und ich dachte schon, es wäre was wirklich Schlimmes.«

»Es *war* schlimm!«, brüllte Paul.

»Schlimmer als schlimm!«, zischte Rudi.

Zerknirscht biss Friedchen sich auf die Unterlippe.

»Es war der Abwasch der ganzen verdammten Mühli-Familie, und zwar mindestens von den letzten drei Wochen!« Pauls Stimme schnappte fast über.

»Angebranntes Gulasch, angebrannter Mandelpudding ...!« Rudi würgte.

Tinka beschloss, das Thema zu wechseln: »Und das Riesenbaby war echt so stark?«

Rudi und Paul nickten. »Der hatte sein ganzes Zimmer voller Kraftmaschinen. Er ist der älteste von Mühlis Brüdern und so groß.« Rudi zeigte auf einen unbestimmten Punkt irgendwo im Himmel.

»Schuhgröße 49«, brummte Paul bestätigend.

»Und Ratte?«, fragte Friedchen.

»Nichts«, sagte Rudi. »Nicht der allerkleinste Hinweis.« Er ließ den Kopf hängen.

Die vier schwiegen für einen Moment. Dann meldete sich Tinka wieder zu Wort. »Der erzählt das doch bestimmt Mühli. Und dann?«

»Ha!«, rief Paul. »Der erzählt nix! Nicht das kleinste Sterbenswörtchen! Im Gegenteil! Der hat uns schwören lassen, nur ja nichts zu verraten.«

Die Mädchen guckten ihn fragend an.

»Na klar!«, sagte Rudi. »Der will so tun, als hätte er den ganzen Ekel-Abwasch allein gemacht.«

»Gar nicht mal so dumm«, meinte Friedchen und grinste.

Zum Glück war Wilhelm an diesem Abend zu Hause. Sonst wäre sich Rudi ohne seine Ratte doch sehr verloren vorgekommen. Er lag in seinem Hochbett noch lange wach, hörte Wilhelm nebenan mit Papier rascheln und zählte die vorbeifahrenden Autos. »Ich krieg dich wieder, Ratte«, flüsterte er in die Dunkelheit. »Ich schwöre es!«

Am nächsten Morgen lief Rudi als Erstes Heini in die Arme. Heini guckte ihn mit großen, vorwurfsvollen Augen an. Rudi fühlte sich unbehaglich. Da hatten sie sich tagelang als große Detektive feiern lassen, während Heini die ganze Zeit gehofft hatte, dass sie sich seiner Sache annehmen würden. Schöne Detektive sind wir, dachte Rudi und versprach Heini, alles zu tun, um den gemeinen Fahrradzerstörer zu finden.

Als er durch die Glastür ging, sah er Friedchen, die sich angeregt mit Alexander unterhielt. Rudi seufzte.

»Na, Kleiner«, hörte er eine Stimme rufen. »Wo hast du denn dein Raubtier gelassen?«

»Das ist doch geklaut worden!«, sagte eine zweite Stimme, die daraufhin meckernd lachte. Rudi drehte sich um. Johannes und Mühli. Ihm blieb heute Morgen aber auch nichts erspart.

»Och, hat das Putzelchen kein Schmusetier mehr?«, fragte Mühli und kraulte Rudi grinsend unter dem Kinn.

»Pfoten weg!«, zischte Rudi und schielte zu Friedchen hinüber. Wollte die ihm nicht endlich mal zu Hilfe kommen?

»Wo ist denn das kleine Schmusevieh?«, fragte Pit, der mit Verena nun auch dazugekommen war.

»Ach, braucht der Zwerg noch ein Kuscheltier?«, frag-

te Verena gelangweilt und Mühli kicherte überheblich. Rudi dachte an den abgeliebten Teddybären in Mühlis Bett und grinste verächtlich.

»Wer hat denn nun das Tierchen gemopst? Warst du das, Pit? Oder du, Mühli?«, säuselte Johannes und wollte sich ausschütten vor Lachen.

»Jetzt tut doch nicht so, ihr wisst doch genau, wo sie ist!«, schrie Rudi mit hochrotem Kopf.

»Hört euch den Zwerg an!«, feixte Johannes. »Jetzt hat er auch noch Halluzinationen.«

»Putzig«, sagte Verena und machte eine Kaugummiblase.

Rudi schnappte nach Luft. Die vier hatten ihn umringt und rückten ihm immer dichter auf die Pelle. Es gab keinen Millimeter, wo Rudi sich hätte durchquetschen können. Er nahm all seinen Mut zusammen.

»Ihr sagt mir jetzt sofort, wo Ratte ist! Sonst ...«, sagte er so drohend, wie es ihm in dieser Situation möglich war. Die vier kriegten sich nicht mehr ein vor Lachen.

Friedchen hing immer noch an Alexanders Lippen und bekam von dem Ganzen nichts mit. Dafür wurde Alexander allmählich auf die Gruppe aufmerksam.

»Lasst ihn in Ruhe!«, sagte er. Grinsend wichen die vier ein Stück zurück.

»Ach, Stubenrauch, der Zwergenretter!«, sagte Verena und kaute verächtlich auf ihrem Kaugummi. Alexander wurde rot. Dann drehte er sich um und ging.

Friedchen hakte sich bei Rudi ein und zog ihn mit sich fort.

»Lass doch die Deppen!«, sagte sie – eine Spur zu fröhlich, wie Rudi fand.

»Was hat dir der Herzensbrecher denn wieder ins Ohr gesäuselt?«, fragte er.

Friedchen grinste nur.

Unter dem Ahornbaum trafen sie Tinka und Paul. Und jetzt erzählte Friedchen, was sie von Alexander erfahren hatte: »Mühlis Bande hat ein Hauptquartier! Alexander hat sie die ganze Zeit bespitzelt und das rausgefunden.« Triumphierend guckte sie von einem zum anderen.

»Ach ja? Und wo?«, fragte Rudi und versuchte möglichst unbeeindruckt zu wirken.

»Pits Opa hat einen Schrebergarten und in dem Schrebergarten steht ein Gartenhäuschen, und das ist es«, sagte sie und stemmte die Hände in die Hüften.

»Ein Hauptquartier im Gartenhäuschen. Direkt unter Opas Aufsicht. Toll!«, sagte Paul verächtlich.

»Was ist denn los?«, fragte Friedchen böse. »Will Rudi seine Ratte zurückhaben? Oder nicht?«

»Klar will ich das!«, sagte Rudi. »Am besten wir gucken uns die Hütte mal an. Hat dein Herzallerliebster dir auch verraten, wo sie ist?«

»Hat er!«, zischte Friedchen. »Und wenn du brav bist, verrate ich dir auch, wo. Und wenn du noch ein bisschen braver bist, verrate ich auch, wann wir da am besten hingehen.« Die anderen guckten sie erwartungsvoll an. »Heute Abend nach zehn«, sagte sie. »Vorher hat Opa nämlich noch eine Schrebergärtnerversammlung in seiner Hütte. Und Mühli, Pit und Johannes liegen dann schon brav zu Hause in den Betten.« Sie machte eine Pause, als erwarte sie Applaus. »Ich finde, dafür hat Alexander ein Dankeschön verdient«, sagte sie dann.

»Vielleicht nächstes Jahr zu Pfingsten!«, meinte Rudi und grinste leicht verkniffen.

9. Kapitel

Hirschgeweih und Pflaumenbaum

Der Vormittag zog sich wie Kaugummi. So empfand es Rudi. Herr Hirschhäuser war die Freundlichkeit in Person. Er verzichtete auf üble Vokabeltests und nahm Friedchen nicht ein einziges Mal dran.

»So weichgespült gefällt er mir überhaupt nicht«, flüsterte Friedchen Tinka zu.

»Es ist ihm peinlich, weil er nicht weiß, wo Ratte ist«, zischelte diese zurück.

»Der Lehrer windet sich wie'n Aal,
die Ratte schmort im Jammertal!«,
reimte Rudi finster.

Hirschhäuser warf ihnen nicht mal einen vorwurfsvollen Blick zu. Auch nicht, als Paul gedankenverloren in einen Schokoriegel biss.

Nach der Schule mussten sie dann voll durchstarten, um die Aktion am Abend zu planen. Zunächst musste Rudi herausfinden, ob Wilhelm am Abend Dienst hatte. Glücklicherweise hatte dieser eine lange Abendveranstaltung vor sich. Rudi maulte ein bisschen herum, um keinen Verdacht zu erregen. Als es nicht mehr zu überhören war, dass Wilhelm ein riesig schlechtes Gewissen hatte, bat Rudi darum, ob dann »wenigstens« seine Freunde bei ihm übernachten dürften.

Dann nahmen sie Punkt zwei in Angriff. Zu diesem Zweck tauchten sie alle vier bei Familie Haussmann auf, um die Eltern von Paul und Tinka davon zu überzeugen, dass ihre Kinder heute bei Rudi in der Parkstraße übernachten mussten. Frau Haussmann war zunächst entschieden dagegen. Sie war der Meinung, dass die Zwillinge heute zu Hause bleiben und auf die beiden Kleinen aufpassen sollten. Tinka legte eine bühnenreife Jammer- und Klageszene hin und auch Paul maulte in den höchsten Tönen. Doch es nützte nichts.

»Diese Veranstaltung ist wirklich sehr wichtig«, sagte Frau Haussmann bedauernd, »da können wir auf keinen Fall fehlen.« Zwei begossene Pudel. »Ich würde ja einen professionellen Babysitter holen, aber so auf die Schnelle finde ich niemanden, dem ich vertrauen kann«, sagte ihre Mutter und wuschelte Lotte und Leander durch die Strubbelhaare. Das war der Moment, in dem Friedchen

die Dinge in die Hand nahm. Zehn Minuten später war Bianka, die Freundin von Friedchens Bruder Cornelius, als Babysitterin engagiert. Bevor Frau Haussmann es sich wieder anders überlegen konnte, hatten Paul und Tinka ihre Zahnbürsten geschnappt und schnell das Haus verlassen. Friedchen rief noch ihre Eltern an und dann machten sich die vier auf den Weg zu Rudis Wohnung.

»Bis zehn Uhr, das ist noch ganz schön lange hin«, sagte Paul, gähnte und guckte auf die Uhr. Obwohl sie schon die zweite Runde »Siedler von Catan« spielten, war es noch nicht später als sechs.

»Wer hat eigentlich gesagt, dass wir uns diesem Schrebergarten erst um zehn Uhr nähern dürfen?«, fragte Tinka.

»Der göttergleiche Alexander«, brummte Rudi mit einem Seitenblick auf Friedchen. Die sprang wie elektrisiert auf. »Pits Opa ist bis zehn da, hat Alexander gesagt. Aber es spricht nichts dagegen, dass wir uns diesen Kleingärtnerverein schon vorher mal angucken. Na los! Worauf wartet ihr noch?«

Tinka guckte aufs Spielbrett. »Wenn ich schon mal am Gewinnen bin«, sagte sie und seufzte.

»Werd nicht größenwahnsinnig!« Paul lachte hämisch. »Ich hätte auf jeden Fall noch aufgeholt.«

»Träum weiter!«, sagte Friedchen.

Die Schrebergartensiedlung lag etwas außerhalb der Stadt. Am frühen Abend waren die meisten Kleingärtner damit beschäftigt, ihre Pflanzen zu gießen und die kleinen Rasenflecken zu sprengen.

»Welche Hütte ist es denn nun?«, fragte Paul.

»Mal sehen«, murmelte Friedchen. »Durch den Haupteingang und dann rechts halten, hat Alexander gesagt.« Ratlos blickte sie sich um. Dass die Wege, die die kleinen Gärten miteinander verbanden, ein völlig unübersichtliches Gewirr ergaben, hatte er nicht gesagt. Rechts vom Haupteingang gab es mindestens drei Möglichkeiten, rechts zu gehen. Und sollte man nach dem ersten Rechtsabbiegen gleich wieder rechts abbiegen? Oder erst ein Stück geradeaus gehen? Friedchen kaute auf ihrer Unterlippe.

»Ein bisschen unpräzise, dein Prinz«, sagte Rudi und grinste bissig. Friedchen warf ihm einen eisigen Blick zu.

»Die Hütte ist blau gestrichen, der Zaun ist grün, über der Tür hängt ein Hirschgeweih und davor steht ein Pflaumenbaum. Also, was ist?«, fragte sie.

»Hier sind alle Zäune grün«, bemerkte Paul und Tinka fragte: »Wie erkennt man in dieser Jahreszeit einen Pflaumenbaum?«

Friedchen knirschte mit den Zähnen und stapfte voraus. Aber es war wirklich schwer, die richtige Hütte zu finden. Viele waren blau, einige hatten Hirschgeweihe über der Tür und die Zäune waren tatsächlich fast alle grün.

»Entschuldigen Sie!« Mit diesen Worten wandte sich Friedchen an eine alte Frau, die gerade ihre Gießkanne auffüllte. »Wir sind Teilnehmer einer Schülerrallye und müssen eine Aufgabe erfüllen!« Friedchen lächelte freundlich und beschrieb der Frau die Hütte, die sie suchten.

»Hirschgeweih? Pflaumenbaum?«, überlegte die Frau und drehte das Wasser ab. »Der alte Herr Müller-Schulz!«, rief sie. »Ach nein, der hat einen Apfelbaum. Hm!« Sie dachte angestrengt nach. »Ja!«, rief sie. »Der Herr Bornkessel, der muss es sein. Hier geradeaus und dann zweimal

rechts. Es ist die letzte Hütte am Weg.« Friedchen bedankte sich, dann drehte sie sich zu ihren Freunden um und rieb sich die Hände. »Auf geht's! Keine Müdigkeit vorschützen!«

Jetzt war es wirklich ein Kinderspiel, den Garten von Pits Opa zu finden. Er lag ganz am Rand der Kleingartensiedlung. Direkt davor war eine Wiese mit einigen Obstbäumen und ein paar hohen Fichten, sodass das Grundstück der Bornkessels einen größeren Abstand zu den anderen Gärten hatte, die alle sehr dicht beieinander lagen. Die Fichten warfen lange Schatten über die Hütte. Dadurch wirkte alles ein bisschen düster.

»Ob Ratte wirklich da drin ist?«, fragte Rudi zweifelnd.

»Lasst uns nachsehen!«, schlug Tinka vor.

Im Schatten der Fichten gingen sie vorsichtig auf die Hütte zu.

»Wirkt irgendwie ausgestorben«, flüsterte Paul, als sie nur noch einen Steinwurf vom Zaun entfernt waren.

Rudi verrenkte sich den Hals, konnte aber nichts Verdächtiges entdecken.

»Nicht so auffällig!«, zischte Friedchen. »Stell dir vor, es taucht plötzlich jemand von Mühlis Bande auf.« Paul zuckte zusammen. So unauffällig wie möglich schlenderten sie an der Hütte vorbei. Ein paar Wege weiter hielten sie an.

»Wieso sollen wir da jetzt nicht reingehen?«, fragte Rudi bockig. »Es ist doch weit und breit niemand zu sehen.«

Friedchen gab sich geschlagen. »Okay, dann gehst du aber alleine. Wir verstecken uns so lange in dem Gebüsch auf der Wiese nebenan.« Rudi guckte sie mit großen Augen an.

»Zu viert können wir da um diese Zeit jedenfalls nicht rumhampeln«, sagte Paul.

Zwischen Möhren- und Radieschenbeeten lief Rudi auf die Hütte zu. Wäre doch gelacht, wenn er Ratte nicht endlich wieder mit nach Hause nehmen könnte. Er umrundete ein paar riesige Rhabarberblätter und ... Plötzlich öffnete jemand laut quietschend die Tür der Gartenhütte. Schwere Schritte kamen den Kiesweg entlang. Mit einem Satz sprang Rudi in den Kompost.

10. Kapitel

Das darf doch nicht wahr sein!

Rudi duckte sich tief zwischen das halb verrottete Unkraut. Das Ohr dicht neben ein paar matschigen Erdbeeren, hörte er Pits Stimme.

»Hoffentlich tauchen die hier nicht auf!« Wer auch immer mit ihm den Weg entlangkam, sagte nichts. »Manchmal kann ich die Typen nämlich echt nicht mehr sehen«, sagte Pit. Rudi hörte jemanden kichern. Ein Mädchen? Rudi schielte zwischen den Brettern der Kompostkiste hindurch. Verena! Verena und Pit Hand in Hand. Die zwei setzten sich auf die Bank vor der Hütte. Neben Rudis linker Hand raschelte es. Hoffentlich nur eine Maus! Rudi wagte es nicht sich zu rühren. Seine ausgestopfte Ratte war ihm wesentlich angenehmer. Eine halbe Ewigkeit blieben die beiden da sitzen und säuselten irgendetwas, das Rudi nicht verstehen konnte. Seine Beine schliefen schon ein. Vorsichtig versuchte er die Stellung ein wenig zu verändern. Pit horchte auf. Oh nein!

In dem Moment kam zum Glück Pits Großvater mit einer Schubkarre um die Ecke gebogen. »He, ihr zwei!«, rief er den beiden auf der Bank freundlich zu. »Ihr könnt gleich mit mir nach Hause fahren. Um Viertel nach acht fängt das Länderspiel an, dann will ich spätestens daheim auf dem Sofa sitzen.« Ohne hinzuschauen und fröhlich pfeifend leerte er seine Schubkarre in die Kompostkiste.

»Du könntest wenigstens die Regenwürmer aus den Haaren nehmen, wenn du mit uns sprichst«, sagte Friedchen und unterdrückte ein Kichern. Rudi schnaubte. Als er zu den anderen zurückgekommen war, hatten sie sich zunächst aus der Gefahrenzone verzogen. Dann erst erzählte Rudi, was er in Erfahrung gebracht hatte. Sie beschlossen, bis halb neun zu warten, bevor sie die Hütte genauer unter die Lupe nehmen wollten. Paul überredete die anderen, in der Zwischenzeit vorne am Kiosk eine Tüte Pommes zu futtern.

Kurz vor halb neun machten sie sich wieder auf den Weg. Die eben noch so putzig aussehenden Gartenhäuschen wirkten im Dämmerlicht feindselig. Die vier hatten das Gefühl, als würden sie von tausend Augen beobachtet. Beim Gartenhaus von Opa Bornkessel war es besonders dunkel. Rudi, Friedchen, Tinka und Paul näherten sich über das Nachbargrundstück. Rudi hatte gerade den Fuß gehoben, um über den Zaun zu klettern, als von der anderen Seite eine dunkle Gestalt über den Kiesweg kam.

»In Deckung!«, zischte Rudi.

Der Jemand kam langsam auf die Hütte zu, wobei er sich immer wieder umdrehte. Er hatte einen Kapuzenpulli mit tief ins Gesicht gezogener Kapuze an. Unter dem Arm trug er einen unförmigen Gegenstand.

»Sieht aus wie der Rahmen von Heinis Fahrrad!«, flüsterte Tinka aufgeregt.

»Pscht!« Friedchen knuffte sie in die Seite.

Die Gestalt machte sich an der Tür des Gartenhäuschens zu schaffen. Der Unbekannte fand schließlich den Schlüssel in einem Blumentopf und schloss auf. Er betrat die Hütte und zündete ein Gaslicht an.

»Na los!«, sagte Rudi und kletterte über den Zaun. Die anderen folgten ihm. Leise pirschten sie sich an das rückwärtige Fenster heran und spähten hindurch. Der Unbekannte stand mit dem Rücken zu ihnen. Umständlich nestelte er an einer braunen Umhängetasche, zog eine grüne Flasche daraus hervor und ...

»Ratte!«, keuchte Rudi.

Der Unbekannte stellte Ratte auf den großen Metall-

tisch in der Mitte des Raumes, schraubte die Flasche auf, träufelte eine Flüssigkeit auf Rattes Fell, zückte eine Schachtel Streichhölzer …

Mit drei hastigen Schritten war Rudi an der Tür, dicht gefolgt von Friedchen, Tinka und Paul. Mit einem Rums stieß er die Tür auf. Erschrocken fuhr die Gestalt herum.

»Alexander!«, japste Friedchen.

Die grüne Flasche fiel krachend zu Boden. Ein beißender Spiritusgeruch erfüllte die Luft.

»Autsch!«, sagte Alexander, dem das brennende Streichholz die Finger versengte. Schnell blies er es aus.

Für einen Moment standen alle wie angewurzelt da. Rudi fasste sich als Erster wieder. Mit einem Satz war er am Tisch und schnappte sich Ratte. Als hätten sie auf ein Kommando gewartet, stürzten sich Paul und Tinka auf Alexander, drehten ihm die Arme auf den Rücken und hielten ihn fest. Friedchen stand noch immer regungslos da.

»Ich verstehe nicht …«, sagte sie mit heiserer Stimme.

»Hast *du* etwa Heinis Fahrrad so zugerichtet?«, fragte Tinka und deutete mit dem Kinn auf den verstümmelten Fahrradrahmen. Alexander schnaubte verächtlich. »Allerdings!«, stieß er hervor. »Was tut man nicht alles um der Gerechtigkeit willen.«

»Gerechtigkeit?«, fragte Friedchen tonlos.

»Gerechtigkeit?«, schrie Rudi und packte Alexander am Kragen.

»Ja, klar!«, presste Alexander hervor. »Ansonsten wärt ihr kleinen Deppen doch nie auf die Idee gekommen, Mühli und seiner dämlichen Bande auf den Zahn zu fühlen.« Er versuchte, sich aus der Umklammerung zu befreien. Aber Tinka und Paul hielten ihn fest. Rudi trat einen Schritt zurück.

»Und warum hätten wir das tun sollen, wenn die doch überhaupt nichts gemacht haben?«

»Überhaupt nichts gemacht? Ha!« Alexander lachte schrill. »Die waren es doch, die Heini und noch so ein paar anderen Kröten dauernd aufgelauert haben. Richtig fies benommen haben die sich. Und Verena? Die hat diese Typen trotzdem angehimmelt. Zum Kotzen!« Tränen der Wut standen in Alexanders Augen. Tinka guckte zu Friedchen rüber. Die war blass geworden und stand mit weit aufgerissenen Augen da.

»Und deshalb hast du Heinis Fahrrad kaputtgemacht?«, fragte sie leise.

»Genau!«, sagte Alexander und schaute Friedchen bitterböse an. »Damit ihr endlich was unternehmt.« Er grinste zynisch. »Das wäre zu schön gewesen, wenn diese Angeber von ein paar Fünftklässler-Zwergen überführt worden wären. Aber …«

Jetzt wurde Friedchen richtig wütend. Sie schoss auf Alexander zu.

»Darf ich?«, fragte sie Tinka und Paul, die Alexander immer noch fest umklammert hielten. Dann holte sie aus und gab Alexander eine saftige Ohrfeige.

»Das ist dafür, dass du uns für dumm verkauft hast«, sagte sie. Alexander grinste bloß.

»Ich verstehe nur nicht, was das Ganze mit Ratte zu tun hat«, sagte Rudi und legte Friedchen die Hand auf die Schulter.

»Ach nein?«, zischte Alexander. »Wenn ich dieses blöde Rattenvieh nicht geklaut hätte, wärt ihr doch nie zu Potte gekommen. Stimmt's?«

»Aber wieso wolltest du sie verbrennen?«, fragte Rudi gequält und drückte Ratte fest an sich.

»Ich wollte sie nicht verbrennen, nur ein bisschen ankokeln«, erklärte Alexander und grinste.

»Aber warum?«, fragte Rudi noch mal.

»Kleiner Racheakt.« Alexanders Stimme schwoll an und er schrie wütend: »Wisst ihr, wie lange ich in diesem blöden Vogelschutzverein geschuftet habe? Alles habe ich für Hirschhäuser gemacht. Und dann kommt ihr und alles dreht sich nur noch um euch.« Er äffte die Sprechweise von Hirschhäuser gekonnt nach: »›Alexander macht seine Sache gar nicht schlecht.‹ Ha! Da pfeif ich doch drauf!«

»Du armes Würstchen!«, sagte Friedchen. »So ein Pech für dich, dass wir uns nicht an deinen Zeitplan gehalten haben, was?«

Draußen auf dem Kiesweg waren Schritte zu hören. Einen Moment später trat Opa Bornkessel in die Hütte und fragte, was denn los sei. Die Frau vom Nachbargrundstück habe ihn verständigt, dass hier etwas nicht mit rechten Dingen zuginge.

»Gut, dass Sie kommen«, sagte Friedchen. »Stellen Sie sich vor, der da wollte in Ihrer Hütte Feuer legen.« Sie deutete auf Alexander. »Da haben Sie echt Glück gehabt, dass wir rechtzeitig hier vorbeigekommen sind.« Herr Bornkessel war viel zu verblüfft, um zu antworten.

»Aber jetzt sind Sie ja da, um sich darum zu kümmern«, erklärte Friedchen. »Wir müssen nämlich gehen, unsere Eltern werden sich schon Sorgen machen.«

Sie gab Herrn Bornkessel die Hand und ging hocherhobenen Hauptes hinaus. Die drei anderen beeilten sich ihr zu folgen.

»War das nicht ein bisschen hart?«, fragte Tinka. »Alexander wollte ja die Hütte nicht wirklich abbrennen.«

Grimmig bohrte Friedchen ihre Hände in die Hosentaschen. »Mal sehen, wenn er das mit Heini in Ordnung bringt und sich bei uns entschuldigt, rede ich vielleicht noch mal mit Opa Bornkessel.«

»Und was machen wir jetzt?«, fragte Rudi.

»Jetzt«, sagte Friedchen, »jetzt rufen wir Cornelius an. Er wird uns bestimmt gerne nach Hause fahren, wenn ich ihm verspreche zu verraten, wo Bianka heute Abend ist.« Sie hakte sich bei Rudi und Tinka unter und zu Paul sagte sie: »In der Zwischenzeit können wir ja noch mal zum Kiosk gehen. Ich habe Kohldampf. Und du?«

Rudi lachte.

»Der Paul ist jetzt vielleicht mal satt,
doch Ratte sicher Hunger hat«,

reimte er und guckte zufrieden in Rattes grüne Glasaugen.

LESE RATTEN

Spannende Fälle für Rudi, Ratte und die Detektive!

Rudi ist ratlos. Seit einigen Tagen benimmt sein Vater sich sehr merkwürdig. Rudi bittet seine Freunde Friedchen, Paul und Tinka um Hilfe. Und plötzlich stoßen die vier Freunde auf einen lange zurückliegenden Kriminalfall …

Dagmar Geisler
Rudi, Ratte & drei Freunde
Einband und farbige Illustrationen von Dagmar Geisler
Ab 8 Jahren · Geb. · 112 Seiten · ISBN 3-7817-2405-0

Als Rudi und seine Freunde, Rudis ausgestopftes Maskottchen Ratte, zum Tierpräparator bringen, hören sie, dass aus Herrn Sperbers Werkstatt ein wertvoller Vogel verschwunden ist. Und schon landen die vier Detektive im nächsten Abenteuer!

Dagmar Geisler
Rudi, Ratte & die Detektive
Einband und farbige Illustrationen von Dagmar Geisler
Ab 8 Jahren · Geb. · 96 Seiten · ISBN 3-7817-2409-3

KLOPP

Weitere Informationen unter:
www.klopp.biz